KB149339

UFO 소나무

황금알 시인선 54
UFO 소나무

초판인쇄일 | 2012년 5월 17일
초판발행일 | 2012년 5월 30일

지은이 | 이상인
펴낸곳 | 도서출판 황금알
펴낸이 | 金永馥
선정위원 | 마종기 · 유안진 · 이수익 · 문인수
주 간 | 김영탁
편집실장 | 조경숙
표지디자인 | 칼라박스
주 소 | 110-510 서울시 종로구 동숭동 201-14 청기와빌라2차 104호
물류센타(직송 · 반품) | 100-272 서울시 중구 필동2가 124-6 1F
전 화 | 02)2275-9171
팩 스 | 02)2275-9172
이메일 | tibet21@hanmail.net
홈페이지 | http://goldegg21.com
출판등록 | 2003년 03월 26일(제300-2003-230호)

값 8,000원

ISBN 978-89-97318-12-4-03810

*이 시집은 한국문화예술위원회 창작지원금의 일부를 지원 받아 제작되었습니다.

UFO 소나무

이상인 시집

황금알

| 시인의 말 |

앞에 난 발자국을 뒤쫓다가
문득 뒤돌아보니
무수히 많은 발자국이 따라온다.
손을 저으며 달려오는 그들의 눈가가
축축하게 젖어 있다.

우리는 아픔과 슬픔을 버린 지
너무 오래되었구나
하여, 삶의 고뇌인 시여
널 여기 단단히 묶어두고
또 다른 너를 찾아 길을 떠난다.

2012년 4월
이상인

차 례

1부

2부

3부

4부

1부

자벌레

산행 중에 자벌레 한 마리 바지에 붙었다.

한 치의 어긋남도 용납하지 않는 연초록 자

자꾸 내 키를 재보며 올라오는데

가끔 고갤 좌우로 흔든다.

그는 지금 내 세월의 깊이를 재고 있거나

다 드러난 오장육부를 재고 있을지도 모른다.

혹은 끈질기게 자라나는 사랑이나 욕망의 끝자락까지

또 고갤 몇 번 흔들더니 황급히 돌아내려 간다.

나는 아직 잴만 한 물건이 못 된다는 듯이

잰 치수마저 말끔히 지워가며

나비의 터널

흰나비가 날아간 허공에 기인 터널이 뚫려 있다.

부드럽고 뽀얀 밀가루가 덕지덕지 묻어 있느니

두 개의 부채를 활활 부치며 지그재그로 뚫고 간 길이 너무나 투명하다.

뱀이 벗어 던진 허물처럼 한 생이 탈바꿈하여 경계를 벗어난 것처럼

뚫렸던 활로活路는 어느덧 오므라들어 소식 끊긴 전홧줄,

희미한 거미줄 같이 흔들거린다.

평생 짊어지고 가야 할 것들 몇 번의 껍질을 벗듯 덜어내고

고통의 몸짓 아로새겨 넣으며 간 길, 아득하여라.

열나흘, 헐렁헐렁한 날개짓으로 이리저리 날아왔다 가는 허공

날마다 짙은 꽃향기로 컴컴한 터널을 채우며 죽어갔으리.

하늘로 오르는 청댓잎들

버들치들이 떼를 지어 하늘로 오르고 있다.

끊임없이 쏟아지는 푸른 물줄기, 온몸에 관통시키며 질긴 꼬리로 세차게 튕겨내면서 아가미도 가슴지느러미도 두 눈도 말끔히 지워버린, 더불어 딱딱한 뼈마디도 살도 버린, 아예 삶과 죽음을 한 장으로 얇게 저며 예리하게 날을 세운 채 무명의 바람이 흔들면 흔들수록 더 빠르고 힘차게 헤엄쳐 하늘 가까이 더 가까이 까마득하게 승천하고 있는 잎잎의 버들치들

사슴론論

그는 태어나면서부터
한 마리의 사슴을 뒤쫓고 있었다.
아니 태어나기 전부터 쫓아왔을 것이다.
왕관의 뿔을 쓴 사슴을 안으면
내세엔 반드시 왕이 된다는 전설에 따라

강둑 갈대숲을 헤치고
야산지대, 크고 작은 잡목 숲을 지나
댕기 머리 같은 은빛 호수에 닿았을 때
그는 스스럼없이 멈칫거리는 사슴을 향해
그의 날카로운 생을 날렸다.
드디어 사슴은 그에게 폴짝 뛰어들었고
가슴 속에 갈비뼈처럼 박혔다.

그때부터 그는 쫓기는 자가 되었다.
집에서도 직장에서도, 길을 가거나
잠을 자다가도 사방을 두리번거리며
항상 무슨 생각에 빠져 허둥거렸다.
아내와 자식들도 이웃들도

무엇에 쫓기듯 놀라 달아나려고만 했다.

쫓기는 자에서 벗어나려면
자신의 몸속 깊숙이 숨어 서성거리고 있는
왕관을 쓴 사슴을 자유롭게 풀어주어야 한다는 것을
그는 이미 깨닫고 있는 것처럼 보였지만

유자

주먹만한 노란 향주머니들 반짝인다.
가을의 무게만큼 휘늘어진 모습이
풍성하고 탄력이 넘친다.
유자나무가 유자 한 알을 내게 건넨다.
유자나무도 봄부터 천천히,
아주 천천히 누군가에게 받았을 것이다.
그동안 천수千手에 매달아 놓고
즙과 향기가 진하게 배어들도록
한 번도 편히 앉거나 누워보지 못한 채
서서 기도하며 공을 들였던 것인데
무엇인가를 받는다는 일은 가꾸는 정성과
다시 전해야 할 책임과 의무가 필요한 것
유자차를 담그려고 껍질을 벗기면
처음 건네준 분의 향기가 진동한다.
노란 맨살에서 쏴아 쏟아지는 말씀들
재여 놓았다가 차를 내면
한 번도 본 적 없는 그분의 마음이
혀끝을 통해 온몸으로 퍼진다.
나도 유자나무에게 받은 그 마음을

누군가에게 건네주고 있는 중이다.
내 몸을 통과하여
온전히 이동하는
어디에선가 꽃눈이 불거지고, 꽃이 피고
노란 향낭으로 흔들린다는 소식이
벌써 그다음 곳까지 당도하고 있을 게다.

푸른 모기장

깨어나면 사각으로 열려있는
책상만 한 유리창이 골목길에 걸려 있었다.
늘 숭숭 뚫린 푸른 마스크를 하고
그 무더운 여름을 견디어내곤 했다.
너머, 골목길에는 챙이 좁은 모자를 눌러쓴
키 작은 집들이 줄줄이 서 있고
쭉 걸어나가면 늙은 정류장이
시내로 나가는 버스를 열심히 기다렸다.
좁은 마당을 걸어 들어온 방은
고치 속처럼 평안하였는데
이따금 지나가는 계절이 유리창에 부딪혀
짧은 외마디 소리를 지르기도 하고
죽은 하루살이 시간들이
창틀에 한 숟가락씩 쌓여 있기도 했다.
날마다 하릴없이 시를 읽거나 꿈을 꾸었다.
꿈을 뒤집어서 꿔보기도 하고
갈기갈기 찢거나 구겨보기도 하고
책상에 꽂아 두었던 누군가의 꿈들을
몰래 펼쳐 읽기도 하고

그러다 지루해지면 접어두었던 날개를 폈다.
막 껍질을 벗은
고슬고슬하게 잘 마른 추억들이
나를 붕 띄워 주었다.
골목길에서 버스 정류장으로 넓은 세계로
이어주는 유리창이
푸른 마스크를 쓰고 침묵했다.

밖에서는 안으로 안에서는 밖으로
무심히 통과하려는 것들로
투명한 생의 경계가 붐비고 있었다.

초사흘달

가는 눈썹이 파르르 떨린다

허물을 다 벗어 던졌다

다산의 여자는 둥글다, 멀리 있다

슬픔은 늘 나무의 손끝에서 만져진다

어느새 어둠이 질척거리는 어둠 속으로 푹푹 빠진다

바람의 귓바퀴에 흘리다가 만 푸른 소문이 반짝인다.

화엄사 법고

나는 없는데
내 벗겨진 살가죽을 작신작신
두들겨 팬다.
부드럽게 살살, 그러나
파도가 몰아치듯 난장을 벌인다.
드디어 이곳저곳에 접혀 있던
살가죽의 마디들이 팽팽하게 펴지고
반쯤 구겨져 있던 생각들이
풍선처럼 부풀어 오른다.
말라붙었던 핏줄들도
덩달아 꿈틀거리며 불끈불끈 일어선다.
얽히고설킨 사랑도 미움도
한통속이 되어 운다.
눈치 보지 않고 실컷 울어본다.

가슴 떨리는 저 둥근 세상
한목소리로 깊고도 멀리 울리는
내 살가죽이 나를 깨운다.

전어

이렇게 마지막까지 몸을 태워가며
고소한 맛을 풍기는 이를 본 적이 없다.
맞다, 그의 머릿속에는
분명 깨가 서 말이나 들어있는 것이다.
그의 목젖엔 사리 같은 알밤이 하나
똥 무더기에도 깨가 잔뜩 묻어있어
버리지 않고 다 먹는다고 하는데
어떤 이는 그의 머리부터 꼬리까지
남김 없이 다 먹어야
비로소 그를 먹었다고 할 수 있다며
열변을 토한다.

지금은 잘 구워진 한 일생을
통째로 자근자근 씹어 먹어야
술맛이 나고 흐뭇해지는 그런 시간
하지만 일어나 뒤돌아서면
숨쉬기 힘들어지고
가슴 울렁거리게 하는 이 묘한 냄새
도대체 어디에서 온 것인지
나를 감싸듯이 오래 따라다닌다.

날아오르는 문어

그는 손바닥만 한 마당 위를 가로지른 빨랫줄에 가는 새끼줄로 목을 매고 있었다.

처음 얼마 동안 손과 발로 허공 속에 출렁거리는 바다를 힘차게 허우적거렸다. 잡힐 듯 잡힐 듯 아득하게 가까운 바다, 그러나 허우적거릴수록 이상하게 그의 몸속에 넘실거리던 바다는 빨리 빠져나갔고 잔털 하나 없이 삭발한 머리엔 햇살이 고요했다.

한나절이 지나고 그 반이 지나자 크고 작은 염주알들이 반듯하게 일렬로 줄 꿰기 시작했다. 더러 마음이 어긋나 흐트러지기도 하였지만 잠시였고 지독하게 풍기던 냄새마저 죽음처럼 그의 몸을 슬금슬금 떠났다. 생이 질겨지고 윤택해졌다.

두고 온 꽃게들과 조개며 해삼 멍게를 마당에 내려놓았을 때 비로소 자신의 몸이 바다였다는 것을 흰 이빨을 갈아대며 섬 하나를 삼키려고 덤비던 파도였고 그 어떤 실꾸리로도 감아낼 수 없는 아스라한 수평선이었다는 것을 알았다.

선창을 따라 올라온 돌계단이 그의 발가락 하나를 뚝 떼어 오물거리더니, 음! 쫄깃쫄깃 잘 말랐군, 하는 뒷소리를 끌고 방안으로 들어갈 때 정말 머리에 물컹하게 들어있던 한 주먹 생각마저 백지 한 장으로 딱딱하게 말려버린 그는 그의 목을 옥죄던 새끼줄을 연緣줄 삼아 날아오르는 연습을 하고 있었다. 가오리연처럼 가볍게 날아올라 하늘 속을 자유로이 헤엄치기 시작했다.

해풍이 그의 몸을 살짝살짝 들어 올려 주었고 푸른 바다도 달려와 열심히 발끝을 밀어주었다.

금목서

온몸에 등황색 부스럼으로 가득한
그가 한낮인데도 핼쑥하다.
신열을 앓듯 열꽃을 피워대더니
낭창하게 휘어지는 가을을 붙들고 기침을 한다.

모래먼지 몰아오는 바람은
그의 겨드랑이에 뿌연 추억 겹겹이 쌓아놓는다.
호주머니에 뭉쳐있는 향기를 흔들며
천 리를 걸어가는 낙타,
바삐 건너오던 그 사막 한가운데에서도
그는 단봉낙타였다.

목 타는 삶의 외길을 걸어서
걸어서 지나와야 했던, 그 고독으로
이 생生도 지워지지 않는
달콤한 향기가 되고 있는 것인가.

꽃그늘을 흔들며 몇 번의 그림자가 지나간다.
오래 살다 보면

짧어져야 할 혹이 저마다 돋아나게 되고
그 속에 유향을 가득 담고
천 리 사막을 걸어가는 낙타가 된다는 것을

그는 다시 건너가야 할 사막의 끝을 본다.
향기는 꺼끌꺼끌한 마음의 모래톱을
끊임없이 핥으며 가는 바람이다.

대숲에서 지하철 타기
— 서정춘 선생님께

대낮에 들어서도 미명의 어둠이다.
돌아설까 마음먹으면
곧게 뻗은 무수한 과거들이
딱딱 이마를 쳤다.
그 과거를 붙잡고 발 내디디면
스스럼없이 부서지는 시간의 댓가지
결국은 몽땅 잘리고 발목만 남은
욕심껏 뭉쳐진 옹이들이
발뿌리를 잡아챘다.
멀리 가까이 뿌연 밖이 보이지만
살아갈수록 혼미한 꿈결처럼 아득하다.

이곳에선 눈을 뜨면 뜰수록
눈을 감게 되는 것
모든 내장을 깨끗하게 들어낸
자신의 텅 빈 안을 들여다보며
내면의 귀를 열고 서 있을 때
땅속으로 거미줄처럼 연결된
거침없이 달리는 대뿌리,

그 생생한 지하철을 집어탈 수 있을 것

지하철역마다 꽂아둔 푸른 깃발
대나무들이 나부낀다.

차 속의 거미줄

십 년 째 타는 차 뒷좌석에
어느 날 은빛 거미줄이 내걸리더니
까만 거미 한 마리 매달렸다.
그러니까 요 두 달 동안 차가 수상했다.
시름시름 시동이 잘 걸리지 않았고
쨍하던 에어컨도 미지근해지고
옆구리도 자주 긁히고, 찌그러졌었다.
차도 나이를 먹으면
미물들의 마음을 읽어내는 것일까.
거미줄 한 채를 포획하느라
자신의 몸을 아낌없이 내어주며
그동안 온 정성을 쏟았던 것이리라.

시동을 걸자 잠들었던 은륜이
반짝반짝 눈을 빛내며 돌아간다.
대롱대롱 매달린 까만 별이
가늘고 긴 다리로 작은 우주를 돌린다.
그 촘촘한 블랙홀 속으로
집중하던 내 두 눈이 빨려 들어가고

손과 핸들과 차가 쏙 들어가더니
펼쳐지는 넓고 그윽한 한 세계,
난 어느 빌딩 숲이 우거진 행성을
고물古物 우주선을 운전하며
조심조심 지나가고 있었다.

연흔

그녀가 건너온 세월이 잔뜩 주름져 있네.
달을 따라 바다를 건너려다 빠져 죽은 여자
바다에 누워서도 근심처럼
목과 이마의 주름이 깊어가고 있는 여자

오래 준비된 난亂에 연루된 그는
새벽녘 어둠을 도와 수평선을 넘어갔다네.
갈매기 울음소리는 활처럼 휜 해안선에
팽팽히 튕겨져 날아오르고

그녀는 뗏목이라도 타고 뒤따라가고 싶었지만
시퍼런 칼을 든 까치파도들이
겹겹이 눈앞을 막아섰다네.
하지만 밤마다 작은 물결이 되어
수평선을 남몰래 넘어가고 있었다지.

수천 년을 씻기고 씻긴 주름에서
안으로 조용히 흐느끼는 소리가 들리네.
깊이 무너지는 파도 냄새가

훅 끼쳐오네.

또 무심한 둥근달이
그녀 위를 즈려밟 듯 지나가고
하루 두어 번 수평선 너머에서 내달려온 물살이
그녀의 잔주름을 어루만져주고 가네.
그의 손길인 듯 마음인 듯
부드럽고 따스하게 쓰다듬어주고 가네.

강가에 주차중

차창에 강물이 쏟아져 내린다.
지우고 또 지워도
하염없이 흘러내리는 강물 소리
그렇게 끊임없는 인연들이
줄기차게 이어져 내렸던 것
또 한 치 앞을 분간할 수 없어
부릉거리는 생을 잠시 꺼둔다.
강물이 이제 거꾸로 흐른다.
각양각색의 얼굴들이 두리번거리며
뒤로뒤로 밀려난다.
내가 그동안 무심히 만진 것들이
서럽게 우는 것이라고 해둔다.
열심히 맛보았던 세상의 한 부분이
모래무덤처럼 무너지고 있다고 해둔다.
차창엔 내가 쏟아져 내리고
여기저기 묻혀두었던 사랑들이 지워지고

이렇게 비가 퍼붓는 날
인연 깊었던 그대들은

너무도 슬프게 빛나는 모서리이고
그늘진 웃음이다.

2부

초승달

정을 통하고 간 사내들은 감감무소식
줄줄이 낳은 자식들은 쌍불 켠 채 붙들려가고
이제 더는 잃을 것도 얻을 것도 없는,
모진 팔자를 되새김질하던 암소가
무슨 생각이 났는지 벌떡 일어나
캄캄한 서쪽 하늘가를
그 빛나는 혀로 쓰윽 한번 핥다.

노고단 고추잠자리

이 지상에서 가장 큰 무덤이다.
마고할매의 품에 뼈를 묻은 이들이
뜨거운 불씨로 되살아나
너울너울 탑돌이를 하고 있다.

웅얼웅얼 경經을 외는 동자꽃
그 옆에 두 손 모은 지리터리풀
하늘말나리, 비비추, 원추리, 기린초

누군가 애타게 기다려도
도모하던 아름다운 세상 버려두고
차마 혼자서는 돌아 갈 수 없어
모두가 함께 묻힌 이들
장마 걷힌 한여름 낮
어두운 시대의 지층을 뚫고 나와
아픔을 불사르며 날아오르고 있다.

덮쳐오는 먹장구름을 헤치고
저 언뜻언뜻 비치는 푸르디푸른 하늘,

그 깊은 속살 속으로 자맥질하는
눈 시리도록 맑고 순결한 영혼들

UFO 소나무

한때 빨치산들의 야전병원이 있던
지리산 벽송사 옛 대웅전 자리 앞에
수령 600년 된 도인송 한 그루
새벽녘이면 알아들을 수 없는 신호음을 내며
화들짝 깨어난다고 한다.
그것은 하늘로 통하는 우주 정거장
푸른 UFO가 둥근 깃을 펼치며
이쪽과 저쪽으로 나뉘어 싸우다가 묻힌
영혼들을 이쪽과 저쪽을 가리지 않고
하늘로 실어 나르기 위한 준비 작업이라고
두 아름이 넘는 소나무 등걸 속에는
서로 화해한 영혼들이 타고 올라가는
물관부의 엘리베이터가 빠르게 작동하고
검은 옷을 입은 밤새들이 날아와
비행접시의 균형을 잡아준다고 한다.
그러나 이러한 움직임과 소리들은
야음을 틈타 너무도 은밀하게 이루어져
누구에게나 쉽게 포착되지 않는다고 하니
나도 한 스님의 말씀처럼 마음을 열고

몇 날 며칠을 기도하듯 기다려
소나무 등걸 속 엘리베이터를 타고 올라가
그 둥글고 푸른 우주 정거장,
이 세상의 표가 필요 없는 UFO를 타고 싶다.

꽹과리 소리

검은 한복을 차려입은 이가
새벽 강둑에 앉아 꽹과리를 친다.
청둥오리 몇 마리
그 소리를 저수지 이곳저곳으로
부지런히 물어 나르고
어떤 놈은 잠수하여 저수지 밑바닥까지
길게 이어 심어놓는다.

강둑을 걷는 발자국에 칭칭 감기는 소리
걸으면 이어지고 멈추면 쉬는
겨울 저수지에서 듣는 꽹과리 소리는
누군가의 단말마 같다.

올해는 가지 꺾인 나무들이 많구나!
목이 부러진 꽃들도 유난히 많구나!
한목숨 내던져
세상을 수놓는 싸락눈이여!

누군가의 떨리는 울음소리들이

저수지를 차고 넘쳐
하얗게 시든 풀잎들을 적신다.

삼례 동학농민길 근처

뼈다귀해장국 식당에서 탕을 시켜놓고
밖에 눈이 쏟아진다.
며칠 내린 눈 위로 거듭 쟁여지는 눈
참다가 참다가
사방에서 우우 떼로 몰려온 이들의
백색 혁명이 진행 중이다.
그 위로 누런 뼈다귀가 쌓인다.
크고 작은 뼈들이 짚다발처럼 쌓이고
눈보라는 거듭거듭 내리친다.
수북한 뼈무덤 위로
툭툭 던져지는 살이 발린 뼈다귀들
폭설이 무명 이불처럼 덮다가 뒤덮다가
와그르르 무너질 때
질그릇 가에 그 시절 청초한 노래가
붉은 김칫국물 자국처럼 묻어난다.
남겨놓은 마지막 쌀밥 한 숟가락이
차갑게 식기 전에
뼈 하나를 곧추세우고 일어서서
불투명한 문을 열어제치며
눈보라 눈꽃 세상 속으로 들어갔다.

밥무덤

아내는 전기밥솥에 안친 쌀이
고소한 밥으로 되면
맛이 빨리 변하지 않고 일찍 마르지 않게
가운데로 긁어모아 고봉으로 쌓아둔다.
그것은 밥무덤
여태껏 힘들게 살아온 식구들이
별처럼 좀 더 아름답게 살아내려고
날마다 무덤을 조금씩 헐어내어
밥 먹는다.

밤이면 죽음 같은 어둠에 누워 잠들었다가도
아침이면 밥무덤 한 공기씩 덜어 먹고
팔팔하게 살아나서 하루를 시작하는 것
밥무덤을 깨끗이 긁어먹고 나면
다시 새 무덤을 짓기 위해
아내는 쌀을 씻어 안친다.

여름좀잠자리

수취인불명의 편지처럼
오래 접혀있던 가을의 첫 장을 펼쳐보니
뜨거운 여름을 날던 그가
다리를 가지런히 모으고 죽어 있다.
주검이 이렇게 맑고 가벼울 수 있다니
죽어서도 어딘가를 열심히 날고 있기라도 하는 듯
날개를 활짝 폈다.

외로움이 밀물 듯 밀려드는 어느 석양녘
한 번쯤 부산스럽게 찾아와
내 가슴의 유리창을 콩콩 두어 번 두드리다 간 것도 같은데
갈수록 쳐지는 내 오른쪽 어깨 위에 살며시 앉아
고갤 갸웃거리다 돌아간 것도 같은데

이 세상의 무엇을 깨물어보고
맛보고 갔을까
그 큰 겹눈으론 어떤 장면들을
사진 찍어 담아 갔을까

손이 닿자
날개도 가슴도 낙엽처럼 부서진다.
이전의 모든 생각과 몸의 기억을 잊고
어느 청명한 하늘을 날기 위해
분주히 준비하고 있을 그 여름좀잠자리
그런데 나는 지금
어느 가을하늘 아래를 날고 있는 것인가.

홍시

나이를 먹으며 익어간다는 것
마음을 안으로 삭히는 것
살아가면서 만나는
기쁨과 슬픔과 애처로움 같은 것들을
한데 버무리고 뭉쳐서 단맛을 내는 것
연륜이 쌓일수록
얼굴이 벌게지며 부끄러워할 줄 알고
어떤 세파에도 물렁물렁하게 대처하게 된다는 것
지상에 마지막 남은 등불처럼
오래 세상을 깜박인다는 것

노란 부리들

산중턱에 둥지를 튼 황조롱이
아까부터 낮은 산 위를 빙빙 돌았다.

그 산속에는 어미 직박구리 한 마리
아무 눈치도 채지 못한 채
부지런히 벌레를 잡고 있었다.

발톱을 세운 황조롱이가 고도를 낮추더니
직박구리에게 달겨들었다.
늦게야 알아챈 직박구리가 허둥거리는
위태로운 순간,
몇 걸음 떨어진 참나무 밥그릇 속에서
아직 눈도 뜨지 않은 노란 부리 다섯이
삐이요 삐이요 삐 삐
따발총을 쏘아대자 놀란 황조롱이
급히 몸을 피해 날아갔다.

아름다운 착시

구례구역을 빠져나와 신호등 아래 서 있었다. 다리에 일렬로 늘어선 태극기들이 강물 흘러가는 쪽을 향해 자꾸 고갤 주억거렸다. 은빛 날개를 달고 아지랑이처럼 너울거리는 구례군농어촌버스 한 대, 내 헛헛한 가슴팍을 향해 무작정 날아오고 있었다. 그 시간이 너무도 길어, 만나서 사랑하고 죽일 듯이 미워했던 무수한 인연들과 그 긴긴 화해의 세월들이 무성영화처럼 조영照影되었다고 생각하는 순간 내 한쪽 옆구리가 다 흘러가버린 것처럼 허전했다.

군내버스는 오른편을 돌아 순천 쪽으로 강물소리처럼 지나가 버리고, 나는 더워오는 빈 호주머니에 손을 찌르고 서서 그렇게 스쳐 지나가는 추억의 끈들을 그때까지도 차마 잡아당기고만 있었던 것이다.

다슬기

물살은 항상 만만하지 않았다
쾅, 한 대 얻어맞고 나동그라지기도 하고
급한 붉덩물에는 모래자갈 속에
몸을 의지하기도 하면서
숙명처럼 전해주어야 할 까만 등짐 하나,
크고 작은 시대의 등을 핥으며
아슬아슬 넘어왔다
넘어간다
할아버지… 아버지… 나와, 처자식들…

잉태

검은 깨 같은 모래들이 무진장 펼쳐진
여수 만성리 해수욕장,
날마다 남산만 하게 부른 배를 쓸며
뜨거운 햇살에 땀 흘리고 있다.

아랫도리만 가린 사내들은 공룡 발자국을 찍으며
해안선을 돌아다니거나 고기잡이를 하는데
긴 파도소리는 불룩한 알 속에서 나는
희미한 울음소리를 희디흰 혀로 핥아내곤 했다.

드넓게 펼쳐진 검은 모래밭,
만성리 해안이 몇 만 년을 살아오면서 빚어놓은
깊고 부드러운 자궁이었을까?

또 한 떼의 사내들이
파도 속으로 날쌘 민어처럼 뛰어들고
여기저기 햇볕에 잘 익은 둥실한 알들
해 기울자 쩍 실금 가더니
몸뻬 입은 늙은 여자아이들을 꺼내 놓는다.

해맑은 얼굴로 건강한 그림자를 데리고
푹푹 빠지는 세상 밖으로 걸어 나왔다.

비로소 긴 하품을 하며 아쉬운 듯
오래 입을 다물지 못하는 모래 자리들
수평선 위로 반짝이던 시원의 햇살들이 파도쳐 와
층층이 쟁여지고 있었다.

옷걸이

베란다 빨래널이대에서
부풀어 오르는 흰 구름옷을 말리고 있는 그는

그저 주저앉고만 싶을 때
한구석에 아무렇게나 처박혀 구겨지고 싶을 때
두 어깨를 잡고 바르게 일으켜 세워주는 그는

주름진 웃음소리도 곧게 펴주고
힘 풀린 종아리도 살살 두드려주며
이 무더운 여름 한낮
집안 가득
청명하게 울려 퍼지는 트라이앵글 소리

실은 당신도 살아가면서 가슴 먹먹하게
잘 풀리지 않은 일들과
이루지 못한 사랑들을 깨끗하게 빨아
반듯하게 널어두고 싶은 날들이 있었을 것이다.

그러나 늘 우리가 말리는 것은

자신이 벗어놓은 남루한 거죽이었고
꽃그림자처럼 금세 흩어져 달아날
한껏 부풀어 오른 뭉게구름이었다.

매미 울음소리

가뭄 든 논에 물을 대듯
아침부터 돌아가는 발동기 소리가 힘차다.

우리가 짧은 생애를 살아가는 동안
너무도 많이 가슴에 고인
욕심이랄지 그리움, 맺힌 한들을
퍼내고 또 퍼내어
그 속 바닥이 훤히 들여다보인다면
다음 생으로 가는 길목에
무거운 목숨 무심히 내려놓을 수 있지 않느냐는 듯이

이 무덥고 팍팍한 날
수많은 양수기들이 왱왱거리며
밤낮없이 제 가슴속을 퍼내고 있다.

운주사 탑

하늘로 오르는 계단이거나 사다리다.

잃은 나라를 되찾기 위해 일을 도모하던,

새로운 나라를 세우려고 어둠처럼 모여들던 이들이

마지막으로 힘들게 선택해야 했던

하늘로 난 길이었다.

그 길 끝, 무수한 이들을 푸웅덩 받아내고도

한점 흐트러짐 없는 하늘의 푸른 고요

더러 청명한 날에는

오른 이들이 줄지어 다시 내려오기도 한다는데

숲 속엔 향나무의 향기를 흠향한 새끼탑들이 자란다.

자라면 자랄수록 깨지고 금이 가는 상처를 입기 쉬운 법이지만

새벽 어스름에 깨어 일어나

늘 자신이 닿아야 할 하늘 한쪽을 가늠해본다.

3부

오동꽃

그리움은 깊을수록 아름답다.
제 적묵한 뼛속에서 오래 묵을수록
은은한 향기가 살로 터진다.

오! 해마다 덧나는 추억들을
스스로 애무하며 치유하는
저 자줏빛 입술들

치유된 그리움은 저렇듯
더 큰 그리움들을 불러내 장엄하다.

푸른 자전거를 타고 오는 바다

아침이면 섬마을에 수평선으로부터
푸른 자전거를 타고 오는 바다가 있다.
밤새 깜박깜박 졸던 등댓불이
깜짝 놀라 빨개진 눈을 부비고
신기한 듯 뒤따라 날아오는 갈매기 떼들
비자금 선창에 내린 푸른 자전거는
숨 가쁘게 달려왔던 출렁거리는 길을 바라보며
따르릉 철석 종소리를 내본다.
드디어 힘차게 페달을 밟으며 섬언덕을 올라가고
멸치처럼 말라붙은 섬마을 사람들의 삶은
푸른 자전거의 푸른 바퀴가 지나간 자리마다
피가 도는 지느러미를 꼼지락거리며
이리저리 헤엄쳐 다닌다.
눈곱 낀 개들이 돌고래처럼 흘러다니고
파도소리를 가지고 놀던 코흘리개 아이들이
통발을 깁던 노인들이
자전거의 푸른 그림자 속으로 사라지기도 한다.
기인 해안선이 바퀴살에 모두 감기어
푸른 자전거가 멈출 때까지

바다는 섬마을의 깊은 자궁 속에
곤히 잠들어 있는 바람소리 울음소리 같은 것들을
일깨우고 다닌다.

베란다의 히아신스

몇 달째 침묵 정진하시던 선사께서
어느 날 문득 토굴 밖으로
주먹을 내미시더니
꽃가지 하나를 불쑥 피워놓으신다.

이 뭣꼬?

작년 재작년 입춘 무렵에도
꼭 쥔 손을 펴며
이쁜 꽃가지 하나를 보이시더니
올해 입춘에도 어김없이
그때 그 꽃가지 들어 보이신다.

이 뭣꼬??

내가 여전히 대답을 못하고
며칠을 머뭇거리는 동안
선사님 슬그머니 꽃가지를 거두신다.
대체 몇 번의 꽃가지를 더 뵈어야
한 소식, 화답할 수 있는 것이냐?

수상한 낚시

그 해는 여름 장마가 끝났는데도 더 긴 장마가 여러 날 계속되었다.

두 계곡물이 흘러와 다리 밑에서 흰거품을 물며 싸우다가 하나가 되어 흘러가고 낚싯바늘도 없는 낚시에 피라미들이 연이어 물었다. 누군가 물도록 지시한 것처럼 은빛 반짝이는 피라미들이 양동이 속으로 서슴없이 뛰어들었다.

한참을 그렇게 잡다가 인기척을 느껴 문득 뒤돌아보니 복숭앗빛 얼굴의 미소년 둘이 다가왔다. 신발을 찾는다고 했다. 파란색과 빨간색 신발이 떠내려오는 것을 못 보았느냐고 물었다. 고갤 흔들자 하류 쪽으로 내려가더니 일순간 절벽문을 열고 들어가듯 사라졌다.

그때부터 고기가 물지 않았다. 무슨 불길한 소식처럼 뚝 그쳤다. 집으로 돌아가기 위해 잡은 고기를 손질하기 시작했다. 냇가 바닥에 고기를 쏟자 마흔아홉 마리 모두 자갈로 변해버렸다. 그래도 작은 퍼들거림이 남아있는 자갈을 주워 물수제비를 뜨자 은빛 피라미가 되어 힘차게 헤엄치며 사라지곤 하였다.

낚싯대와 양동이를 내던지고 가파른 언덕을 숨차게 올라와 다리 위에 서 있을 때 나는 보았다. 아! 내가 신고 있던 신발이 어느덧 파란색과 빨간색으로 변해있었음을

내가 내딛는 발자국마다 흰 거품을 문 두 마리의 용들이 한데 뒤엉켜 싸우다가 싸우다가 하나의 큰 강이 되어 흘러가고 있음을

우산

끝내 날아보지 못한 새 한 마리
도로 가에 널브러져 있다.
부러진 갈비뼈 두어 대,
휘어진 등뼈가 튀어나온 채
누군가 그의 생을 완전히 접어놓았다.
빙글빙글 돌며 우두두 받아내던
하늘의 무수한 환호성
엄마가 아이에게 젖지 말라고 건네던
그 촉촉하게 젖은 마음을 간직한
죽은 새 속에서 빠져나온 새는
선뜻 멀리 날아가지 못하고
근처를 배회했을 것이다.
나뭇가지에도 전깃줄에도
제 온기 없는 주검 위에도 앉아보다가
결국은 어디론가 떠나갔을 것이다.
비가 올 때마다
2단으로 접어두었던 큰 날개를 퍼덕이며
나는 꿈에 부풀었을 새 한 마리

순천만 갈대밭

그동안 꿈을 꾸었던 것은 아닐까?
나를 닮은 또 다른 내가 이렇게나 많이 서로의 손을 잡고 함께 흔들리고 있었다니
글쎄 수천수만 명의 내가 귓불에 싸락눈을 맞으면서 이젠 나이 들어 머리카락 듬성듬성 빠진 머리를 연신 흔들어대며 젖은 발로 서 있었다네.

정말 꿈속처럼 저 많은 내가 어디에서 몰려와서 도대체 어디로 가고 있는가? 더러는 부러지고 꺾인 팔과 다리를 세우며 뽀삐이요 뽀삐이요 삐삐삐삣, 검은머리물떼새의 울음소리에 발을 맞추어 지금 어디를 향해 달려가고 뛰어가고 있는 것인가?

나도 한참을 달려가다 서서 쉬고 또 한참을 달려가다가 문득 누군가 부르는 듯 그리움처럼 밀물이 들어 뒤돌아서 걸어 나오는데 내 마음은 마지막 주자가 되어 무수히 많은 나를 자꾸만 뒤따라 뛰어가고 있었네.

종소리

책상 위에 놓아둔
에밀레종 같은 쇠종 하나
한 번 치면, 뿌연 먼지들이 놀라 달아나고
또 한 번 치면, 쌓인 시간들이 메아리처럼 퍼져 나가지요.
또 다시 치면, 종이 태어나기 이전부터 품고 왔을
잘 익은 어둠, 침묵 같은 것들이 퍼뜩 깨어나네요.
여러 겹으로 울리고 퍼져서 마음을 청정하게 하는,
그 울려 퍼진 것들이 유리창에 부딪혀 떨어지기도 하고
형광등 불빛에 반짝이기도 하고
더러 줄줄이 꽂혀있는 시집 위로 올라가 앉아 있기도 하는데요.
하루의 어둠이 내리면
후회나 슬픔, 기원 같은 부스러기들을 주워들고 와
종신 속에 동그마니 앉아 염念하기 시작하고
그걸 한입에 문 채 단단히 지키고 있는
종정의 천판을 두 발로 힘차게 딛고 선 용 한 마리
그 뿔 끝에 걸어놓은
내일 생을 새벽같이 깨울 쇠망치!

메밀꽃

밀징포 가는 길에
흐드러지게 피어있는 물고기들의 흰 뼈들
우럭, 도다리, 망상어, 감성돔, 붕장어, 놀래미, 문어
멸치, 고등어, 삼치, 꽁치, 광어, 용치들의 숨결이
밤마다 굵은 소금 밀어 올려 피워놓은
저 희디흰 꽃밭

섬자락이 어둠에 베이는 밤이면
각자의 뼈를 추스린 물고기들이
싱싱한 지느러미 매달고
짙푸른 섬마을 길을 유유히 헤엄쳐 다니기도 하고
당산나무에 엉겨 붙어 울어대는 만선이 삼촌의
눈 큰 혼을 불러내어 꼬리 치며 놀아주기도 하고
까닭 없이 헤실헤실 웃어대는 해수의
실팍한 어깨너머로 둥근 수평선을 그려 넣기도 하면서

이슬 머금은 아침
서로의 흰 목덜미를 어루만지며 일어서서
먼 바다를 향해 무엇인가를 애타게 부르는 듯

허옇게 흔들리고 흔들리는
물고기들의 슬픈 영혼들

초남포 보리밭

어느 날 내 가슴속으로
푸른 파도가 밀려들어 왔다.
뒤를 이어 집채만 한 그대가 걸어들어왔다.
들어오더니
보리밭 이곳 저곳을 밟고 다녔다.
우두둑우두둑 보리 부러지는 소리
일어섰던 보리들이 다시 쓰러지는 소리
푸른 물이 뚝뚝 듣는 신음 소리

그러던 어느 날
그대는 내 가슴 밖으로 뛰쳐나갔다.
한 마리 사슴처럼 뛰어나간 뒤로
푸르디푸르게 일어서는 보리들
실핏줄까지 푸른 보리들이
그대가 밟고 지나간 자리마다 더 힘차게 일어서서
그대 떠난 곳을 향해
부지런히 달려가고 있었다.

그 서너 마지기의 푸른 그리움

산벚꽃

손깍지 낀 추억들이
흰 튀밥처럼 쏟아져 내린다.

한 시절 꽃망울 맺으려 앓아대던
첫사랑만큼이나 가슴 설레게
저만치 그렇게 골똘히 생각하듯이
온몸으로 웃으며 서 있는

나는 낮술에 취한 듯
몽롱한 중년을 견디며
낡은 관광버스에 생을 실은 채
맨 안쪽까지 얇아진 마음 한 장 펄럭이며
그곳을 지나가야만 했네.

신 벗고 산벚꽃을 즈려밟자
고 고소한 튀밥이 나를 먹으며
자꾸만 뒤따라 왔네.

와온 일몰

저문 바닷속으로 활화산 같은
몇백만 메가와트 발전소 하나가
한참 동안 빛났다.
그리곤 찌르르 전력이 공급되었는지
포구 맨 끝 가로등부터
파딱 파딱거리더니 실눈을 뜨고
고압에 감전된 듯 자꾸 뛰어오르는
은빛 숭어 떼,
건너편 화포는 환한 집어등을 매단 채
큰 바다로 출항을 서둘렀다.

하늘에 꼬마전구 같은 별들이
하나 둘 돋아날 때
푸르게 출렁거리는 하루의 끝자락에 서서
잔잔한 그리움으로 바라보다가
뭔가 아쉬움을 안고 뒤돌아선 이들의
어두웠던 마음의 창가에서도
따뜻한 불빛이 새어나오기 시작했다.

개구리참외를 깎는 밤

개구리 울음소리 마음의 창에 와
무던히 부딪혀 떨어지고
어둠이 알맞게 익어 단내를 풍기는 밤
개구리참외를 깎는다.

뜨거운 햇살과 비바람, 질긴 고독을
한 세월 엎드려 삭히다 보면
견고한 울음으로 속이 가득 채워지는 것일까?
그 잘 여문 울음들이 빼곡히 박혀있는
단내나는 살을 아삭아삭 씹으면서
까만 눈동자, 시간의 비바람에 그만 지워져 버린
또랑또랑한 개구리의 눈을 생각했다.
아직도 지워지지 않은 점점 더 커져만 가는
내 두 눈을 무심코 더듬었다.

쟁반 위의 큰 개구리 몇 놈,
옆구리에 넣어둔 다리를 쭉 편 채 뛰어나와
질펵한 소나기 울음소리 쏟아놓을 것만 같은 밤.
내가 한 번도 뛰어오르지 못한 하늘을

그 무수한 별빛이 흐르는 아름다운 밤하늘을
내 몸 안으로 들어온 개구리들이
폴짝 뛰어오를 것 같아
난 오래도록 바라보았다.

서랍 정리

몇 년째 사용이 뜸한 책상 서랍에
고물처럼 뒤엉켜 있는 물건들
시간은 무한히 정지되어 있고
고요와 침묵을 두텁게 덮고 잠들었다.
하나 둘 꺼내자 그 자리에
까만 어둠이 고인다.
겹겹이 포개져,
옛날의 풍경을 희미하게 보여주는 사진첩
희디흰 눈송이를 받아내던 털장갑이
귀퉁이가 닳은 손수건을 아직도 흔들고
무엇인가를 그때그때마다 확인시켜주던
인주와 스탬프, 녹슬어가는 동전
안부와 사랑을 묻던 우표도 몇 장
하나하나가 그치지 않는 울음덩어리다.

나는 버리려고 꺼내 놓은 추억들이
죽지 않고 밖을 정처 없이 떠돌 것만 같아
다시 제자리에 가지런히 뉘었다.
그리고 서둘러 무덤에 입관하듯

긴 어둠 속으로 서랍을 밀어 넣고
자물쇠까지 단단히 채워놓았다.

매실 사랑

겨울을 쓴 알약처럼 삼키고
향기로운 꽃송이 온몸에 붙였을 때
그대는 은근한 미소로 화답했지요.

열여섯 소녀의 젖 몽우리 같은
사랑을 매달기 시작할 때
주위를 서성거리던 그대는 침을 삼키며
뜻 모를 입맛만 다시곤 했지요.

밤톨 크기로 불거지자
내 한쪽 팔을 밟고 올라선 그대,
손에 쥔 그 풋사랑을 따가기 위해
발 구를 때, 찢어질 것처럼 아팠지만
찢어지는 아픔보다 찢어졌을 때
굴러떨어져 상처 입을 그대 생각에
나는 온힘을 다해 버텼었지요.

사랑은 끝까지 버텨주는 것이라고
푸른 머리채를 휘어잡고

토실토실 영근 것들을 훑어갈 때도
다 가져가고 눈길 한번 안 주어도
오래 참으며 기다리는 일이라고

노오란 울음

은행알을 까서 전자레인지에 구워먹으려고
쇠망치로 두어 번 치자
깩, 소리를 내며 부서졌다.
먼 데 있는 어미 은행나무가 어떻게 알았는지
은행잎 몇 개를 식은땀처럼 떨어뜨렸다.
하나 둘 자꾸 내려쳐 깨뜨렸더니
은행나무 아래에 은행잎이 수북했다.
금세 노오란 울음바다가 되었다.

대리운전

자꾸 어지럽게 도는 세상이다.
난 젊은 대리운전자의 옆에 앉아
이렇게 저렇게 몰아줄 것을 주문한다.
속력이 너무 빠르지 않느냐고
천천히 가도 좋으니 안전운전 부탁한다고
가격도 얼마쯤 깎아가면서

그는 대부분의 손님이
자신이 몰면 안심을 하더라며
지금까지 다른 생들과 부딪치거나
가볍게 긁힌 적 한번 없었다고
가입해둔 든든한 책임보험까지 들먹이더니
보너스로 속도를 조금 줄여준다.

내가 가야 할 길을 나보다 더
훤히 꿰고 있는 대리운전자, 더럭 겁난다.
나 몰래 먼저 도착해버리면 어쩌나
갑자기 무서워진다.

나도 이 세상에 다시 올 때는
잠시 대리운전자가 되고 싶다.
캄캄한 내 앞길을 운전해 주듯이
누군가의 삶을 내 것인 양
무사고 운전해 보고 싶다.

4부

나를 꽃 피우다

올해는 매화꽃 피어나는 소리
꼭 들어봐야겠네.
가만히 귀 기울여보면
그 어디선가 매화봉오리 움트는 소리
부지런히 물을 빨아 먹고
겨우내 거칠어진 맨살을 쓰다듬고 부풀려
향기로운 꽃송이 터뜨리는 소리

나도 어둔 세상살이 속으로
별빛 투명한 사닥다리 타고 내려가
맘껏 퍼 올린 사랑 한 됫박,
벌컥벌컥 마시고
나머지는 온몸에 끼얹고 서서
쩌억 쩍 살 찢으며
내 몸에서 꽃 피어나는 소리
정녕 놓치지 않고 들어봐야겠네.
새 나이테에 감아 두어야겠네.

대숲소리

태어나보면 세상 군데군데
푸른 보자기가 펄럭이며 날아다녔다.
나는 그중에 하나를 걷어다가
백과사전처럼 두꺼운 내 생을 싸두었다.
그때부터 내 몸 여기저기에서
서걱대는 대숲소리가 났다.
봄이면 불쑥
죽순이 내 옆구리를 뚫고 나왔다.

아름다운 그릇

무수히 많은 손으로
쏟아지는 햇살을 잡아당겨
푸른 통을 가득가득 채우는
맑은소리가 들린다.

밤이면 까만 눈을 휘둥그레 뜨며
반짝이는 별빛을 주워 모아
푸른 통을 꽉꽉 채우는
수런거림이 있다.

오늘은
한 마리 짐승처럼 털을 세우고 있는
대숲을 바라보며, 깨닫는다.

그렇게 자신의 잘 여문 푸른 살이
잘게 쪼개지고
또 쪼개지는 아픔을 견디며
결 고운 바구니로 촘촘히 엮어져야
비로소 이 세상의 한 부분을

넉넉하게 담아내는
아름다운 그릇이 된다는 것을

명옥헌 연못

수면에 백일홍 꽃물이 어른거린다.
수초가 무성하고 고마리가 우북하다.
파란 하늘 한 자락과 산봉우리가 내려와
사람들이 붐벼도 살갑게 몸 쉬는다.
나도 저렇게 웅숭깊은 연못 속에서
웅크린 채 아무 걱정 없이 지낸 적 있었나니
고고呱呱의 울음소리 뽑기 이전,
어머니의 그 깊은 자궁에서
자유로이 헤엄치며 아늑한 한 때를 보냈나니
그래서 찰랑찰랑 고여 있는 물만 보면
왠지 차분해지고 무엇인가 몹시 그리워져
무작정 뛰어들고 싶어지는 것
날마다 간신히 숨을 쉬듯 허우적거리고 있는
난장 같은 이 세상을 뒤로하고
이젠 다시 돌아갈 수도 없다.
모두 폐허다. *
옛날의 연못은 물이 말라붙어 뛰어들 수 없고
집도 대문도 담장도 망가지고 무너져
바라보는 마음마저 무너져 내린다.

다 무너져 내리기 전에
사진 한 장 찍기 위해
싱싱한 백일홍으로 선 여류시인들의 연못에
언뜻 비치는 연한 분홍꽃물

* 황지우의 시 「뼈아픈 후회」에서 빌림. 명옥헌 옆에 그가 2년간 유배지처럼 살다간 가옥이 폐허로 남아있다.

꽃들의 말

찔레꽃이 정말 환하게 피었데요.

무슨 말을 하고 있는지

입을 쩍쩍 벌리고 어우러졌는데

나는 가만히 다가가서 하나, 둘 엿듣다 왔지요.

매화꽃 피면 매화가 하는 말 알아듣고

진달래꽃 피면 그 붉은 말 알아듣고

찔레들 모여 앉아 도란도란 이야기 나누면

그 향기 나는 하얀 말들 알아듣고

고개 끄덕끄덕,

함께 웃으니 얼마나 좋은지 모르겠어요.

꽃들 속에는 여러 겹의 기쁨과

마음을 살짝 켜면 들리는

여러 편의 노래도 숨겨져 있다는데

사이

고추잠자리가 코스모스 위를 난다.

날아다닐 때마다 코스모스가 고갤 돌리며 쳐다본다.

높은 곳에 올라가면 무엇이 보이느냐고

괜히 슬퍼지거나 쓸쓸해지진 않느냐고

너무 높은 곳에는 올라가지 말고

푸른 하늘 한끝을 깨물어보고, 맘껏 헤엄쳐 봤으면

이제 그만 내려오시라고

알았다고 알았으니 너무 걱정하지 말라며

고추잠자리도 말갛게 내려다본다.

둘 사이로, 하늘이 시냇물처럼 흘러내리고 있다

봄

아지랑이 피어오르자 쑥을 캐러 갔다.
메마른 기인 논두렁,
허리께에 칼을 찌르자 움찔했다.
가슴이며 꼬리에 칼 맞은 뱀이 꿈틀거렸다.
초록 핏물이 여기저기 배어들더니
온몸이 시퍼런 멍투성이가 되어
기어갔다.
저수지로 모여들고 있었다.

한 번도 본 적 없는
내 속에 잠들어 있던 꽃뱀도
몇 군데 칼을 맞고 깨어나 스르르
어디론가 쏜살같이 달아나려고 했다.
새 자궁 속에 똬리를 틀고 싶어
불쑥 대가리를 쳐들었다.

어금니

모아치과 의사가
내 입안을 빛나게 한 금딱지 하나를 벗겨 내자
어둠 속에서 오래 숨죽였던 어금니가 드러났다.
십 년 전 신경을 죽여, 툭툭 쳐도
아무런 느낌도 기척도 없던 이
그동안 있는 듯 없는 듯 속으로 썩어가면서도
내 입속의 한 부분을 채워 주던 이
다른 이보다 작고 볼품이 없어도
기름진 음식과 웃음과 뜨거운 울음을
자근자근 씹어 삼킬 수 있게
든든히 한 축을 떠받치고 있었던 것이다.

우리 삶이 아름다워 보이는 것은
그 누군가 날마다 작아지고 또 작아지면서도
우리를 묵묵히 지탱해주고 있기 때문이라는 것을
그늘지고 늘 젖어있는 곳에서
자신의 자리를 끝까지 지켜주기 때문이라는 것을
들들들 갈아대는 기계음을 들으며
마음의 뼛속 깊이 새긴다.

저녁에

오늘도 깨끗이 다 까먹었네
햇귤 같은 하루의 해

피접

도대체 알아먹을 수 없는 글자체를 휘갈기며
동에서 서쪽으로 혹은 남으로 방향을 틀어
펄펄 날아가는 청둥오리 떼들,
그 흐릿하게 지워져 가는 내 살아온 뜻을
날마다 침 묻혀 넘겨가며
어렵게 읽어내고 있는 것이다.

여수항

무슨 말을 주고받은 것일까?
서로 다정하게 손을 잡고
꿈결처럼 눈 속에 눈,
눈이 내리고

출렁거리는
그대의 푸른 살 더미
살 속에 점점이 흩뿌려지는
성긴 싸락눈

머뭇거리던 먼 바다 한 채
성큼성큼 걸어 들어와
그대의 푸른 자궁을 뒤흔든다.

무꽃

퍼렇게 매 맞은 듯한
그의 종아리에 강물이 흐르고
어깨에도 손금에도 출렁출렁,

여러 날
힘겹게 목울대를 밀고 올라온 강물이
몇 송이 피어서
흔들흔들 세상을 비춘다.

무화과

뉘 집 담장 너머로 기웃거리는, 잇몸이 붉다.

그녀가 긴긴 장마 속에서 우레 같은 사랑을 꿈 꾸었나 보다

어쩌자고 자꾸만 붉은 속내를 밖으로 드러내는지

벌어진 입술을 핥다가 덥석 베어 문다.

씨도 없는 사랑, 소낙비처럼 비릿하다.

은행나무

여행 중인 가을이
노란 기지국 한 채를 세웠다.
쭈뼛쭈뼛 귀를 세운 안테나들이
세심하게 수신한 우주의 소식들,
팔랑팔랑 머리 흰 바람을 타고
한 잎 두 잎 곳곳으로 배달된다.
그 궁금한 소식 하나
손바닥에 올려놓는다.

—기다림이 너무나 길었어요
　다음 별에 먼저 가서 기다릴게요
　다음 생에는 우리 함께 물들어 흔들려요

내 온몸에 촘촘히 꽂히는 수신음,
잡음 없는 청명한 목소리가
우뚝 솟은 노란 기지국을 통해
찌릿찌릿 전해져 온다.

벽화

설 쇠러 고향 집에 돌아와
네 식구 나란히 큰방에 누웠다.
벽에 불쑥 나타난 멧돼지 한 마리
어디론가 급히 뛰어갈 자세다.
속을 채웠던 살과 뼈와 정신은
방바닥에 누워 곤히 잠드는데
벗어놓은 껍질들이 만나서 이룬 자화상
우리 네 식구 이렇게 한 마리 짐승처럼
가시덤불과 거센 물살을 헤치며
여기까지 줄기차게 뛰어왔구나.
잠시 눈 붙이고 다시 깨어나
각자의 껍질을 꿰차고 달려갈 것이다.
벽면에 풍경처럼 내걸린 빈 그림자여.
막내의 잠꼬대에 고갤 돌려
피곤에 지쳐 잠든 제 몸을 들여다본다.
혹시 우릴 버려두고 밖으로 멀리
아주 멀리 달아나지 않을까
다른 몸을 찾아서 영 돌아오지나 않을까
불안처럼 어둠이 꽉 들어찬 방안에서
나는 이리저리 뒤척이며 밤을 지킨다.

꽉 찬 허공

우리는 촛불을 켜고 있었네.
우리의 그림자가 둘이었다가 하나가 되어 흔들렸네.
어둠을 베어 먹는 촛불이 흐느끼며 내리치는 폭설인 것만 같아
우리는 잠시 말이 없었네.

잊었다가 다시 생각난 듯이
우리 사이에 뿌옇게 눈사태가 일었네.
너무 황홀하여, 창밖의 우람한 소나무 가지 하나
은빛 눈덩이에 우지끈 부러지는 소리 듣지 못하였네.
촛불이 제 몸을 뜨겁게 불태워가는 동안
우리는 서로의 가슴에 이는 눈안개 속을 쫓고 쫓아다녔네.

아름다운 촛불을 켜고 있었네.
자신을 불태우던 촛불이 다 소진되어
둘이다가 하나가 되었던 그림자마저 하얗게 지워져
우리는 어느덧 꽉 찬 허공으로 갇혔네.

찔레꽃

흰 눈물 몇 잎 떨어뜨리고
강 모퉁이를 돌아가는
그녀가 슬프다.
휘늘어진 어깨를 힘껏 짓누르는
젖은 솜뭉치 같은 강물소리
자갈자갈 사는 것이 자갈밭 같을 때
그녀는 서슬 푸른 가시도 내보였으리.
연한 새순도 세상 속으로
끈질기게 밀어 넣어 보았으리라.
언제 다시 온다는 기약도 없이
무엇이 서운했다는 말도 남기지 않고
서둘러 강안을 돌아가는 그녀,
열두 폭 치맛자락의 강물이
푸르게 펄럭이며 지운다, 길게 운다.

이런 시

세상에서 퇴짜 맞은
시가 적힌 종이를 북북 찢어
포구에 뿌린다.
흰 꽃잎처럼 떠서 썰물 따라
멀어져가는 시들이여
가을쯤엔 다 자란 감성돔처럼
힘차게 헤엄쳐 돌아오라.
무더기무더기 잡혀서
시집 하나 가득 파닥여라.
싱싱한 회에 이것저것 넣어서
상추쌈 먹고
모든 이들이 힘 불끈불끈 솟아오르게
남은 시의 뼈와 대가리를 넣고
푸욱 끓인 국물 먹고
얽히고설킨 속들 시원하게 풀어지게

■ 해설

서정의 회복과 존재론적 상상력

이 송 희(시인 · 문학박사)

1. 불안한 허공에 그려진 자화상

2000년대 이후, 우리는 지면에서 두 페이지가 넘는 시들을 자주 만난다. 소위 '난해시' 부류에 속하는 일군의 시들이 시단의 한 경향으로 자리 잡았다. 이러한 시점에 '극서정'이라는 이름을 내걸고 시의 본질을 묻는 날카로운 목소리들이 문단을 후려친다. 이에 대한 지속적인 문제 제기는 시어와 일상어 사이를 조심스럽게 문제 삼으며 또 다른 문제 제기를 낳는다. 횔더린Holderlin의 말처럼, 시인은 신神이 내리는 번갯불을 끊임없이 맞아야 하고 제비처럼 자유로워야 한다. 그러나 요즘 시인들은 방안에 갇혀 그들의 머릿속에서 제작하고 기획한 언어들을 시의 형식 안에 담는다. "시란 냉랭한 지식의 영역을 통과해선 안 된다. …… 시란 심중에서 우러나오는 것이기 때문에 곧바로 마음으로 통해야 한다."고 말했던 J. C. F. 실러의 말이 떠오른다.

화려한 영상매체와 콘텐츠, 최근 스마트폰의 등장으로 이미 시는 음미하며 낭독하는 텍스트가 아닌, 다른 영상매체에 부수적으로 얹히는 텍스트가 되고 있다. 21세기 시들은 이렇게 다매체 시대를 살면서도 외로운 존재가 되어 간다. 이러한 외로운 시기에 서정시의 계보를 잇듯, 자아와 대상 사이를 자연스럽게 교통하며 자아의 존재 의미에 관해 수없이 되새기는 이상인 시인의 시가 있다. 그의 시는, 수없이 자맥질하며 살아 왔지만, 여전히 바닥에 닿지 못하고 허공을 떠도는 영혼들을 그려내면서 그 영혼들의 서식지는 어디인지를 묻는다. 이상인 시인의 이번 시집은 이렇게 실존에 대한 갈등과 고민이 고즈넉한 풍경으로 되살아나고 있다. 자연적 공간이고 척박한 역사적 현장이며, 동시에 불안한 내면의 허공에 해당하는 이 공간에서, 시인은 자연스럽게 시적 대상들과 호흡하며 세상의 표정을 읽고 실존의 의미를 되새긴다.

서정시의 본질이 자아와 대상과의 일체감을 통해 정서를 표출하는 장르라는 점에서 보면, 이상인 시인의 시는 자아와 대상과의 정서적 교감이 잘 이루어진 경우라 할 수 있다. 그는 주로 꽃과 과일 같은 소소한 대상에도 삶의 가치를 부여하거나, 그 속에서 살아 있는 존재의 의미를 발견한다. 자아와 시적 대상의 일체화된 감정을 슈타이거는 '회감'이라는 말로 표현했다. 이상인 시인의 시는, 우리 현대인의 삶이 그렇듯이, 자아가 분열될 수밖에 없는 현실의 틈 사이에서 갈등하며 끊임없이 대상과의 작은 합일을 꿈꾼다. 그런 점에서 이상인 시인의 시를 읽는 것은 우리의 삶, 그 지향점을 모색한다는 의미를 갖는다.

2. 고독과 고행의 공간, '터널'과 '사막'을 건너기

'나비의 터널' 속에서 우리는 몇 겹의 허물을 벗고 새로 태어나는 자신의 존재를 통해 새로운 서정적 공간을 꿈꾸는 시인의 꿈과 마주치게 된다. 시인은 이미지와 상징을 변주하는 데 능하다. "가는 눈썹이 파르르 떨린다// 허물을 다 벗어 던졌다// 다산의 여자는 둥글다, 멀리 있다// 슬픔은 늘 나무의 손끝에서 만져진다// 어느새 어둠이 질척거리는 어둠 속으로 푹푹 빠진다// 바람의 귓바퀴에 흘리다만 푸른 소문이 반짝인다."고 노래한 「초사흘달」은 그의 시심詩心을 압축한다. 그의 말처럼 "슬픔은 늘 나무의 손끝에서 만져"지는 것일까. 그의 시는 슬픔을 만지는 것에서부터 시작된다.

흰나비가 날아간 허공에 기인 터널이 뚫려 있다.

부드럽고 뽀얀 밀가루가 덕지덕지 묻어 있느니

두 개의 부채를 활활 부치며 지그재그로 뚫고 간 길이 너무나 투명하다.

배이 벗어 던진 허물처럼 한 생이 탈바꿈하여 경계를 벗어난 것처럼

뚫렸던 활로活路는 어느덧 오므라들어 소식 끊긴 전홧줄,

희미한 거미줄 같이 흔들거린다.

평생 짊어지고 가야 할 것들 몇 번의 껍질을 벗듯 덜어내고

고통의 몸짓 아로새겨 넣으며 간 길, 아득하여라.

열나흘, 헐렁헐렁한 날갯짓으로 이리저리 날아왔다 가는 허공

날마다 짙은 꽃향기로 컴컴한 터널을 채우며 죽어갔으리.

-「나비의 터널」 전문

'흰나비'의 상징과 '터널'의 상징을 통해 몇 겹의 껍질을 벗고 수없이 활로活路를 변경해야 했던 삶의 고통과 슬픔을 형상화한 시다. 일반적으로 '나비'는 영혼을 상징하거나 빛의 세계를 지향하는 무의식적 매혹을 상징한다. 인연, 새로운 환경이나 죽은 영혼을 상징하는 '흰나비'는 시적 화자의 고단한 여정을 고스란히 담은 존재로

형상화된다. 흰나비가 날아간 허공에 긴 터널이 만들어졌다. '터널'은 보통 불안과 공포를 동반하지만, 이 시에서 허공에 만들어진 터널은 "부드럽고 뽀얀 밀가루가 덕지덕지" 묻어 있다. "지그재그로 뚫고 간 길"이 선명하게 드러나고, 뱀이 허물을 벗듯 "한 생이 탈바꿈하여 경계를 벗어난 것처럼" 어느덧 활로活路는 오므라들어 버린다.

"소식 끊긴 전화줄"처럼 순식간에 지나간 길들이 사라지고 온데간데없이 흔적이 지워진 길이 "희미한 거미줄"로 남아 있다. 오래된 기억의 뿌리가 하나 둘 뽑히고, 어디서 왔는지 어디로 가는지의 행로가 불분명하다. "몇 번의 껍질을 벗"으며 양 날개를 움직여 "고통의 몸짓"을 아로새겨 넣었던가. 화자는 "평생 짊어지고 가야 할 것들"을 "몇 번의 껍질을 벗듯 덜어"내고 힘차게 날갯짓을 하며 허공에 고통의 무늬를 새긴다. 하루에도 수없이 허공에 지그재그로 새겨진 터널이 뚫렸다 사라지지만, 허공 그 어디에도 뿌리를 내릴 수 없는 삶이 시작도 끝도 없이 길을 잃은 채 고통스럽게 "짙은 꽃향기로" "캄캄한 터널을 채우며" 가는 것일까.

> 온몸에 등황색 부스럼으로 가득한
> 그가 한낮인데도 핼쑥하다.
> 신열을 앓듯 열꽃을 피워대더니
> 낭창하게 휘어지는 가을을 붙들고 기침을 한다.

모래먼지 몰아오는 바람은
그의 겨드랑이에 뿌연 추억 겹겹이 쌓아놓는다.
혹주머니에 뭉쳐있는 향기를 흔들며
천 리를 걸어가는 낙타,
바삐 건너오던 그 사막 한가운데에서도
그는 단봉낙타였다.

목 타는 삶의 외길을 걸어서
걸어서 지나와야 했던, 그 고독으로
이 생生도 지워지지 않는
달콤한 향기가 되고 있는 것인가.

꽃그늘을 흔들며 몇 번의 그림자가 지나간다.
오래 살다 보면
짊어져야 할 혹이 저마다 돋아나게 되고
그 속에 유향을 가득 담고
천 리 사막을 걸어가는 낙타가 된다는 것을

그는 다시 건너가야 할 사막의 끝을 본다.
향기는 꺼끌꺼끌한 마음의 모래톱을
끊임없이 핥으며 가는 바람이다.

–「금목서」 전문

나무껍질이 무소의 피부와 닮았다고 하여 목서라는 이

름이 붙었으며, 서향, 치자나무와 함께 3대 방향수로 불린다는 금목서의 속성을 "목 타는 삶의 외길"을 걸어가는 낙타의 삶에 비유한 시다. 시적 대상과 일정한 거리감을 유지하면서도 시인은 꽃과 열매, 만리향을 피워내기까지 겪어왔을 고통의 순간들을 사막 같은 인간 삶에 오버랩한다. 흔히 만리향으로 알려진 금목서는 정원수로 10월경 주황색에 가까운 짙은 황금색 꽃이 피며, 첫서리를 알리는 꽃이기도 하다. 금목서는 겨울을 나고 다음 해 여름과 가을을 지나 다시 서리가 내리고 꽃이 필 때쯤 가지에 촘촘히 붉은 열매가 익는다고 한다.

"온몸에 등황색 부스럼으로 가득한 그"는 한낮인데도 핼쑥하다. "모래먼지 몰아오는 바람"은 "그의 겨드랑이에 뿌연 추억 겹겹이 쌓아 놓"는다. 온몸에 먼지바람 뒤집어쓰고 "혹주머니에 뭉쳐있는 향기를 흔들며" "천 리를 걸어가는" 단봉낙타의 모습으로 사막 한가운데 서 있다. 현대인들은, 어느 생에도 지워지지 않는 달콤한 향기를 내기 위해서 얼마나 고독하게 걸어왔을까. 이런 의미에서 '낙타'는 이 세계에서 소외된 삶을 상징하며 '사막'은 기댈 곳 없는 고달픈 삶과 고난을 암시한다. 그러나 그의 시가 빛나는 이유는, 시간이 흐를수록 "짊어져야 할 혹이 저마다 돋아나게" 된다는 것, 그 혹 속에 "유향을 가득 담고/ 천 리 사막을 걸어가는 낙타"라는 삶의 희망을 인식하는 것에 있다. 바로 낙타의 이 향기가 "꺼끌꺼끌한 마음의 모래톱"을 핥고 또 핥으며 먼지바람을 옆구리에 겹겹이 쌓아두고 "다시 건너가야 할 사막의 끝"을 결국 횡단할 것이다.

3. 소나무 물관을 타고 법고를 두드리는 화엄의 정신

이상인 시인은 대립하는 세상의 모든 감정이 분열되지 않고 일체화되는 화엄의 정신을 견지한다. 삶과 죽음의 공간을 초월하고 기쁨과 슬픔이 한통속이 되어 우는 세상을 꿈꾼다. "한 점 흐트러짐 없는 하늘의 푸른 고요"(「운주사 탑」) 속에서 "자라면 자랄수록 깨지고 금이 가는 상처를 입기 쉬운 법"이라는 깨달음을 얻는 시인. 그는 "늘 자신이 닿아야 할 하늘 한쪽을 가늠해"보며 꾸준히 자신을 버리는 연습을 한다. 자신을 다 버리고, 진정한 화엄의 정신으로 걸어간다.

> 나는 없는데
> 내 벗겨진 살가죽을 작신작신
> 두들겨 팬다.
> 부드럽게 살살, 그러나
> 파도가 몰아치듯 난장을 벌인다.
> 드디어 이곳저곳에 접혀 있던
> 살가죽의 마디들이 팽팽하게 펴지고
> 반쯤 구겨져 있던 생각들이

풍선처럼 부풀어 오른다.
말라붙었던 핏줄들도
덩달아 꿈틀거리며 불끈불끈 일어선다.
얽히고설킨 사랑도 미움도
한통속이 되어 운다.
눈치 보지 않고 실컷 울어본다.

가슴 떨리는 저 둥근 세상
한목소리로 깊고도 멀리 울리는
내 살가죽이 나를 깨운다.

－「화엄사 법고」 전문

화자는 화엄사 법고를 "내 살가죽"으로 동일시하면서 "법고"를 두드리는 것을 비로소 "나를 깨"우는 행위라고 인식한다. 어리석은 나를 깨우치는 과정을 화엄사 법고 두드리는 모습 속에 담아내면서 사랑도 미움도 하나라는 화엄의 정신을 얻는다. 화엄사상은 대승불교사상 중에서 가장 대표적인 사상으로, 화엄경에 바탕을 둔다. 화엄사상의 기본 경전은 『대방광불화엄경大方廣佛華嚴經』으로 이를 줄여 『화엄경』이라 부르는데, 여기서 '대'는 시간과 공간의 개념을 초월한 절대의 '대'이며 '방광'이란 공간적으로 넓음을 의미한다. '화엄'이란 말 그대로 갖가지의 꽃이 장엄하다는 뜻이므로, 화엄사상은 "위로는 깨달음을 구하고 아래로는 중생을 구제한다는 것"이 된다.

"모든 존재는 불성佛性을 지니고 있으며, 모든 현상은 다른 현상의 원인으로 모두가 하나이며, 하나가 모두"라는 뜻이다. 지리산 화엄사는 이러한 화엄사상의 맥을 이어온 사찰이다.

"화엄사 법고"는 화자의 "벗겨진 살가죽"이다. "작신작신 두들겨" 패다가도 "부드럽게 살살" 다루다가도, 다시 "파도가 몰아치듯 난장을 벌인다." 그러나 분명한 것은 '나는 없다는 것' "나는 없는데" "내 몸"을 작신작신 두드린다는 것이다. 우리는 물질문명과 자본의 욕망에 물들어 스스로의 존재를 잊고 살아간다. 자신의 몸을 법고와 동일시하면서 스스로의 어리석음을 깨우치는 과정으로 묘사하는 시인은 "이곳저곳에 접"힌 "살가죽의 마디들이 팽팽하게 펴지"는 변화를 경험한다. "반쯤 구겨져 있던 생각들" "말라붙었던 핏줄들"이 작신작신 두들겨 맞은 후, "풍선처럼 부풀어 오"르고, "덩달아 꿈틀거리며 불끈불끈 일어선다." "얽히고설킨 사랑도 마음도" "한통속이 되어" 우는 소리는 "한목소리로 깊고도 멀리 울리는" "내 살가죽이 나를 깨"우는 소리, 바로 법고소리다. 세상 모든 것과 관계를 맺으면서, 서로 원인이면서 결과일 수 있는 형상으로 우리는 존재한다. 사랑과 미움의 경계가 희미해지고, 나와 남의 구별이 없어지면서 자연스럽게 하나가 되는 참된 자비가 싹트게 됨을 이 시는 법고의 소리로 일깨운다.

한때 빨치산들의 야전병원이 있던
지리산 벽송사 옛 대웅전 자리 앞에
수령 600년 된 도인송 한 그루
새벽녘이면 알아들을 수 없는 신호음을 내며
화들짝 깨어난다고 한다.
그것은 하늘로 통하는 우주 정거장
푸른 UFO가 둥근 깃을 펼치며
이쪽과 저쪽으로 나뉘어 싸우다가 묻힌
영혼들을 이쪽과 저쪽을 가리지 않고
하늘로 실어 나르기 위한 준비 작업이라고
두 아름이 넘는 소나무 등걸 속에는
서로 화해한 영혼들이 타고 올라가는
물관부의 엘리베이터가 빠르게 작동하고
검은 옷을 입은 밤새들이 날아와
비행접시의 균형을 잡아준다고 한다.
그러나 이러한 움직임과 소리들은
야음을 틈타 너무도 은밀하게 이루어져
누구에게나 쉽게 포착되지 않는다고 하니
나도 한 스님의 말씀처럼 마음을 열고
몇 날 며칠을 기도하듯 기다려
소나무 등걸 속 엘리베이터를 타고 올라가
그 둥글고 푸른 우주 정거장,
이 세상의 표가 필요 없는 UFO를 타고 싶다.

– 「UFO 소나무」 전문

환상적인 느낌을 주는 제목이 신선하다. 화자는 지리산 벽송사 옛 대웅전 자리 앞에서 수령 600년 된 도인송 한 그루를 서정적 공간으로 옮겨 심는다. "한때 빨치산들의 야전병원이 있던" 이곳에 자리한 '도인송'은 "새벽녘이면 알아들을 수 없는 신호음을 내"는 푸른 UFO다. "하늘로 통하는 우주 정거장"이라는 점에서 "푸른 UFO"는 600년의 시 · 공을 초월해 지상과 우주를 가로지르는 상징적 의미를 지닌다. 새벽녘이면 신호음을 내면서 깨어나는 이 도인송은, 이념에 의해 갈라선 남과 북의 영혼들을 가리지 않고 "하늘로 실어 나르"는 "UFO소나무"라고 시인은 본다. 상생과 조화를 꿈꾸는 화엄의 정신이 반영되어 있다.

빈부 격차, 이념 대립 등으로 많은 진통을 겪어왔던 우리의 현실은 얼마나 가혹한가. "두 아름이 넘는 소나무 등걸 속에는/ 서로 화해한 영혼들이 타고 올라가는/ 물관부의 엘리베이터가 빠르게 작동하고" 있다는, 동화적 상상력은 얼마나 신선하며 아름다운가. 이러한 모습은 우리 사회에 아직도 남아있는 소모적인 이념 대립이라는 간극을 메우며, 독자에게도 반성적 사유의 시간을 준다. 시인은 화해와 균형의 질서가 깨진 오늘의 현실을 직설적인 어조로 전달하는 대신 시에 환타지적 요소를 가미하여 우회적으로 전달하는 감각을 보여준다. "검은 옷을 입은 밤새들"이 "비행접시의 균형을 잡아준다"는 것이라든가, 화자도 "소나무 등걸 속 엘리베이터를 타고 올라가" "이 세상의 표가 필요 없는 UFO를 타고 싶다"는 소망을 이야기하는 모습에서 천진하고 순수한 소망을 읽을 수 있다. 이렇게 천진하고 순수한 소망의 이면에는 대립과 갈등이 끊이지 않는 사회에 대한 질타와 안타까움이 스며 있음을 간과해서는 안 된다.

"우리가 짧은 생애를 살아가는 동안/……/욕심이랄지 그리움, 맺힌 한들을/ 퍼내고 또 퍼내어/ 그 속 바닥이 훤히 들여다보인다면/ 다음 생으로 가는 길목에/ 무거운 목숨 무심히 내려놓을 수 있지 않느냐는 듯이/……/ 수많은 양수기가 왱왱거리며/ 밤낮없이 제 가슴속을 퍼내고 있"(「매미 울음소리」)는 매미들처럼 인간의 몸속에 담긴 부질없는 것들을 퍼내고 퍼내는 연습을 해야 하지 않을까. 이상인 시인의 눈길은 오랫동안 이곳을 응시하고 있다.

4. 일상에서 빚어내는 역사적 시 · 공간과 삶의 진정성

또한 이상인 시인은 일상의 소소한 풍경들과 사물들의 속성을 통해 지나간 시간의 의미를 찾아내거나, 자신의 삶을 반성하는 자세를 견지한다. 그에게 일상은 시적 발원지인 셈이다. 익어 가는 '매실'을 보고 "사랑은 끝까지 버텨주는 것이라고/ 푸른 머리채를 휘어잡고/ 토실토실 영근 것들을 훑어갈 때도/ 다 가져가고 눈길 한번 안 주어도/ 오래 참으며 기다리는 일이라"(「매실사랑」)는 것을 깨닫는 데 오랜 시간이 걸렸으리라. 대리운전사 옆 좌석에 앉아 가면서 "나도 이 세상에 다시 올 때는/ 잠시 대리운전자가 되"어, "누군가의 삶을 내 것인 양/ 무사고 운전해 보고 싶다."(「대리운전」)는 생각을 하기도 한다. 이렇게 일상에서 만나는 감동과 재발견의 순간을 사랑과 애정으로 버무려 훈훈한 정신으로 감싸 안는 그의 따뜻한 시심은 여러 시편에서 만날 수 있다.

뼈다귀해장국 식당에서 탕을 시켜놓고
밖에 눈이 쏟아진다.
며칠 내린 눈 위로 거듭 쟁여지는 눈
참다가 참다가
사방에서 우우 떼로 몰려온 이들의
백색 혁명이 진행 중이다.
그 위로 누런 뼈다귀가 쌓인다.
크고 작은 뼈들이 짚다발처럼 쌓이고
눈보라는 거듭거듭 내리친다.
수북한 뼈무덤 위로
툭툭 던져지는 살이 발린 뼈다귀들
폭설이 무명 이불처럼 덮다가 뒤덮다가
와그르르 무너질 때
질그릇 가에 그 시절 청초한 노래가
붉은 김칫국물 자국처럼 묻어난다.
남겨놓은 마지막 쌀밥 한 숟가락이

차갑게 식기 전에
뼈 하나를 곧추세우고 일어서서
불투명한 문을 열어제치며
눈보라 눈꽃 세상 속으로 들어갔다.

–「삼례 동학농민길 근처」 전문

화자는 어느 겨울, 동학농민이 일어났던 전북 삼례읍에서 뼈다귀해장국을 먹는다. 화자가 있는 뼈다귀해장국 식당 안 화자의 식탁 위에는 누런 뼈다귀가 쌓여 가는데, 창 밖에는 "참다가 참다가/ 사방에서 우우 떼로 몰려온" 눈들이 쌓인다. 떼로 몰려온 눈발과 누런 뼈다귀가 쌓이는 모습은 동학농민운동의 봉기와 함께 "수북한 뼈 무덤"이라는 좌절로 자연스럽게 오버랩 되고 있다. '뼈'는 매우 단단한 뼈다귀가 암시하듯이 더는 파괴되지 않는 신체의 일부이며 단단한 심장을 상징한다. 따라서 이 시에서의 '뼈다귀'는 비록 실패했지만, 아직 파괴되지 않고 남아있는 동학농민운동의 단단한 심장, 그 정신을 상징하는 것이다.

1894년 봉건 체제의 모순과 열강의 침략을 극복하고자 한 동학농민운동은 평민, 천민에 이르기까지 큰 호응을 얻었으나, 결국 청나라와 일본의 개입으로 이듬해 4월 전봉준 이하 동학지도자들이 처형당하면서 막을 내렸다. 며칠 내린 눈 위로 거듭 쟁여지는 눈은 동학농민들의 짓눌린 한이며 "참다가 참다가" 터뜨리는 백색 혁명이다. 그러나 "크고 작은 뼈들이 짚다발처럼 쌓이"는 식탁 위의 풍경은, 내리치는 "눈보라" 속에 수북이 쌓인 뼈 무덤 위로 "툭툭 던져지는 살이 발린 뼈다귀들"을 섬뜩하게 묘사하면서, 동학농민군들의 최후를 보여준다. 먹고살기 위해 뼈다귀를 먹는 창 안의 화자와 먹고 살기 위해 봉기했으나 뼈다귀만 남기고 죽은 동학농민군들의 대조가 독자의 가슴을 저리게 한다. 그래서 시인은 "붉은 김칫국물 자국처럼 묻어"나는 그 시절 노래를 들으며 동학농민군들을 위해서 "마지막 쌀밥 한 숟가락"을 마저 먹지 못하고 남겨놓는 것이다. 그 쌀밥이 식기 전에, 시인도 "뼈 하나를 곧추세우고 일어서서" 식당을 나선다. 동학농민군들이 피 흘리며 진압당했던 "눈보라 눈꽃 세상 속으로 들어"가는 것이다.

> 모아치과 의사가
> 내 입안을 빛나게 한 금딱지 하나를 벗겨 내자
> 어둠 속에서 오래 숨죽였던 어금니가 드러났다.
> 십 년 전 신경을 죽여, 툭툭 쳐도
> 아무런 느낌도 기척도 없던 이
> 그동안 있는 듯 없는 듯 속으로 썩어가면서도
> 내 입속의 한 부분을 채워 주던 이
> 다른 이보다 작고 볼품이 없어도
> 기름진 음식과 웃음과 뜨거운 울음을
> 자근자근 씹어 삼킬 수 있게

든든히 한 축을 떠받치고 있었던 것이다.

우리 삶이 아름다워 보이는 것은
그 누군가 날마다 작아지고 또 작아지면서도
우리를 묵묵히 지탱해주고 있기 때문이라는 것을
그늘지고 늘 젖어있는 곳에서
자신의 자리를 끝까지 지켜주기 때문이라는 것을
들들들 갈아대는 기계음을 들으며
마음의 뼛속 깊이 새긴다.

–「어금니」 전문

시인은 일상적인 경험들을 시적으로 형상화하면서 삶의 진정성을 발견하는 데 탁월한 능력을 지녔다. 치과를 찾은 화자는 "십 년 전 신경을 죽여, 툭툭 쳐도/ 아무런 느낌도 기척도 없던", 썩은 어금니를 본다. 입속에서 조용히 썩어가면서도 그것은 "입속의 한 부분을 채워 주"었던 치아다. 다른 치아에 비해 작고 볼품이 없어도, "기름진 음식과 웃음과 뜨거운 울음"을 자근자근 씹어 삼킬 수 있게 "든든히 한 축을 떠받치고 있"던 어금니의 썩은 뿌리가 드러난다. 요즘 들어 무엇이든 외관만으로 평가하는 시각이 늘고 있다. 이 시는 자신의 썩은 어금니를 통해 우리 사회에 만연한 외모지상주의와 노인문제의 심각성에 대해 생각하게 한다. 달면 삼키고 쓰면 뱉는 오늘의 현실을 '어금니'라는 상관물을 통해 되새기게 한다.

우리들의 삶이 아름다워 보이는 것은 그 누군가가 날마다 작아지면서도 우리에게 든든한 버팀목이 되어 주고 있기 때문이라고 시인은 말한다. "그늘지고 늘 젖어 있는 곳에서" 자식의 뒤에서 묵묵히 힘이 되어 주는 부모님 같은 존재를 떠올리게 한다. 다 닳아 썩어갈 때까지 자신의 자리를 끝까지 지켜주었던 '어금니'를 치료하며, 시인은 삶이 아름다운 이유에 대해 뼛속 깊이 새기고 또 새기는 것이다. 시인은 또한 소소한 사물을 몸으로 치환하여 우리 삶의 희로애락을 발견하기도 하는데, 「옷걸이」라는 시에서도 "그저 주저앉고만 싶을 때", "한 구석에 아무렇게나 처박혀 구겨지고 싶을 때" 나의 "두 어깨를 잡고 바르게 일으켜 세워주는 그"로 표현한다.

그동안 꿈을 꾸었던 것은 아닐까?
나를 닮은 또 다른 내가 이렇게나 많이 서로의 손을 잡고 함께 흔들리고 있었다니
글쎄 수천수만 명의 내가 귓불에 싸락눈을 맞으면서 이젠 나이 들어 머리카락 듬성듬성 빠진 머리를 연신 흔들어대며 젖은 발로 서 있었다네.

정말 꿈속처럼 저 많은 내가 어디에서 몰려와서 도대체 어디로 가고 있는가? 더러는 부러지고 꺾인 팔과 다리를 세우며 뽀삐이요 뽀삐이요 삐삐삐삣, 검은머리물 떼새의 울음소리에 발을 맞추어 지금 어디를 향해 달려가고 뛰어가고 있는 것인가?

나도 한참을 달려가다 서서 쉬고 또 한참을 달려가다가 문득 누군가 부르는 듯 그리움처럼 밀물이 들어 뒤돌아서 걸어 나오는데 내 마음은 마지막 주자가 되어 무수히 많은 나를 자꾸만 뒤따라 뛰어가고 있었네.

—「순천만 갈대밭」 전문

화자는 순천만 갈대밭에서 자신을 닮은 또 다른 내가 "서로의 손을 잡고 함께 흔들리고 있"는 풍경에 꿈꾼 듯 놀란다. "이젠 나이 들어 머리카락 듬성듬성 빠진 머리를 연신 흔들어대며 젖은 발로 서 있"는 갈대들을 또 다른 '나'로 읽는 모습에서 자신의 현재를 냉철하게 인식하고 있음을 알 수 있다. "저 많은 내가 어디에서 몰려와서 도대체 어디로 가고 있는" 것인지, 실존의 의미를 묻고 또 묻는다. 어딘가로 가는 동안 우리는 수없이 부러지고 꺾인 팔과 다리를 세우고 또 달려간다. "한참을 달려가다 서서 쉬고 또 한참을 달려가다가" 누군가가 부르는 소리에 뒤돌아서 걸어 나올 때 비로소 마지막 주자가 되어 "무수히 많은 나를 자꾸만 뒤따라 뛰어가고 있"는 모습과 만난다. 모든 것이 빠른 속도로 변화하는 현대사회에서, 우리는 우리 자신이 어디를 향해 가고 있는지를 인식하지 못한 채 앞만 보고 달려가다가 어느새 거울 속에 비친 흰 머리와 주름진 얼굴과 마주치게 된다. 이 시는 정신없이 달려가다 자신이 진정 달리고 있는 이유를

모르는 현대인에게 성찰의 시간을 부여한다. 선두주자로 달리던 '나'가 어느새 마지막 주자가 되어서 무수히 많은 나를 뒤따르고만 있다는 진술은 독자의 시선을 오래 붙잡아 두고 있다.

5. 존재의 내부를 만지는 시편들

시인은 존재의 내부를 만지는 자들이 아니던가. 어느 부위를 어떻게 만지느냐에 따라 느낌이 달라지고 표현 방식이 달라지듯이 시인들마다 시를 구상하고 써나가는 스타일이 있다. 이상인 시인은 자신만이 지닌 독특한 스타일이 느껴진다. 시인에게 스타일이란, 자신이 경험한 삶과 주고받는 질문, 그리고 답변이라고 볼 수 있다. 시인들마다 경험한 세계가 다르므로 세상이 자신에게 하는 질문도 다를 것이며 그에 대한 답변 역시 천차만별이 될 것이다. S. 스펜더의 말에 따르면, 시인이 경험한 제재를 가지고 변형 생성한 주제와 율격이 스타일이다. 시인이 드러내고자 하는 스타일은 형식과 주제라는 양면적 포괄성을 갖고 있다. 이러한 면에서 이상인 시인은 경험한 제재를 변형시켜서 재생성하는 데에 능수능란한 스타일리스트이다.

산업자본주의의 영향 아래서 독자의 눈과 귀를 자극하며 코드화하는 방법은 무엇일까. 문학은 자본으로부터 비교적 자유로웠기 때문에 시대의 진정성을 찾으려는 노력이 어느 장르보다 성했다. 그러나 그중에서도 서정시가 독자와 소통하는 전략은 자본주의 시대 문학의 변화나 문학의 위기, 아우라의 상실과 같은 일종의 담론을 거론하지 않더라도 아주 가까이에서 찾을 수 있다. 그것은 자아와 세계를 동일시하는 과정 속에서 독자의 감성을 자극하기 때문이다. 이상인 시인은 자아와 세계의 거리를 원만하게 잘 유지한다. 좁혔다 넓혔다 하는 자유자재의 거리 조절이 독자의 감수성을 자극하는 그의 장점이다. 그는 사물에 대한 섬세하고 구체적인 관찰, 기억을 복원하는 다양한 방식, 삶과 죽음, 실존에 대한 고민 등을 다룬 다수의 시편에서 현재의 고민과 갈등을 초월하는 상생의 공간으로 가는 문을 조금씩 열어 주고 있다.

이상인 시인의 이번 시집은 결국 아름답고 가치 있는 삶이 무엇인가에 대해서 독자에게 건강한 해답을 넌지시 제시하고 있다. "얽히고설킨 속들 시원하게 풀어지게"(「이런 시」) 할 아름다운 시편들을 그의 이번 시집은 은밀하게 내장하고 있는 것이다. 이상인 시인의 시에서는, 뼈저리게 절망해 본 자만이 살아갈 수 있는 정신적인 거처를 확인할 수 있다. 이상인 시인의 이 정신적인 거처 찾기가 더욱 상처 입고 비틀거리는 고뇌의 길이기를 바란다. 왜냐하면, 그럴수록 독자들에게, 이상인 시인이 환한 상처에서 빚어내는 가편佳篇들을 읽는 즐거움을 안겨줄 것이기 때문이다.